KB203378

이화섭 시집

정지비행

이화섭 시집
정지비행

초판1쇄 2024년 10월 9일 발행
지은이 이화섭
펴낸이 이재욱
펴낸곳 모두북스
디자인 김성환 디자인플러스

등록일 1994년 10월 27일
등록번호 제2-1825호
주소 서울 도봉구 덕릉로 54가길 25 (창동 557-85, 우 01473)
전화 02)2237-3301, 02)2237-3316
팩스 02)2237-3389
이메일 seekook@naver.com

ISBN 979-11-89203-53-5(03810)

*책값은 뒤표지에 씌어 있습니다.

시인의 말

/

"깊숙한 곳의 소중한 울림을 너무 오랫동안 외면해 왔다.

남의 얘기만 전하며 젊음을 다 떠나보냈다.

비로소 나의 얘기를 적어가는 시간이 왔다."

심상 등단 소감 中중에서

차례

제1부 별을 깨우다

저녁노을 차경 | 10

남도의 폭설 | 12

푸른 솔향 | 14

봄마다 꽃으로 | 16

벚꽃 | 17

운무의 숲 | 18

취맹의 봄날 고백 | 19

안개 | 20

햇살 | 21

어둠을 맞으며 | 23

고택 정경 | 24

장마 | 26

지심도 | 28

독도 민들레 | 30

등대의 시간 | 32

니스의 새벽 | 34

베네치아의 새벽배 | 36

별을 깨우다 | 38

제2부 종점에서 길을 잃다

시간의 나이테 ｜ 42
　　– Ⅰ 불면
　　– Ⅱ 변주
　　– Ⅲ 유폐

그해 여름 ｜ 46
금강산 콘도 ｜ 48
꽃무릇 해후 ｜ 50
말문 닫다 ｜ 52
초량 ｜ 54
백학 노래의 묵시록 ｜ 56
금줄 ｜ 58
실종경보 ｜ 61
종이보다 가벼운 ｜ 63
노숙인 넷 ｜ 64
　　– Ⅰ 자존심
　　– Ⅱ 찬란한 날들
　　– Ⅲ 박제
　　– Ⅳ 여행

소망 ｜ 67
교대역 4-3 ｜ 69

종점에서 길을 잃다 ┃ 71

저기 집 있는 데로 가오 ┃ 73

저체온 ┃ 75

발칙한 유희 ┃ 77

만월을 기다리며 ┃ 79

제3부 무명의 덫

난도 ┃ 82

불꽃놀이 ┃ 84

정지비행1 ┃ 86

정지비행2 ┃ 88

떠내려가는 도시 ┃ 89

무명의 덫 ┃ 91

무명빌라 ┃ 93

하늘로 간 둥지 ┃ 95

귀소 ┃ 97

생명을 대하는 위선 ┃ 99

묻혀도 살아 있다 ┃ 101

시절인연 ┃ 103

탐욕의 성 ┃ 105

청개구리 동화 ┃ 107

볼락어 꽃 ┃ 109

빙벽의 불꽃 ┃ 110

초절기교 ┃ 111

감각 너머 ┃ 113

제4부 멀어지는 풍경들

가르마길 | 116

쉰 살의 흑백사진 | 118

무지개의 불안 | 120

자네를 기억하며 | 122

참박 | 124

어머니의 시詩 | 126

바람길 골목의 노래 | 129

우산 | 130

보릿고개 | 132

꽃상여 타고 | 134

명당에 누워 | 136

정情 | 138

눈높이의 지문 | 140

회귀 | 142

은하수 유영 | 144

우면산 제비꽃 | 146

세상에서 가장 아픈 | 148

서럽게 울어 보렴 | 150

이제는 그리 밉지 않아 | 151

희원 | 153

언젠가 | 155

멀어지는 풍경들 | 157

이화섭 시집 『정지비행』을 읽다

내가 바라본 이화섭 시우와 그의 시/ 한영수 | 160
이화섭 시인의 첫 시집『정지비행』상재에 부쳐/ 임종명 | 166
올려놓고 마침내 내려놓는 '정지비행' 의 미학/ 醴村 정윤식 | 177
칠순의 출산/ 無有 노화욱 | 184
이화섭 시집에 부쳐/ 한윤희 | 188

후기-감사의 글 | 190

제1부

별을 깨우다

저녁노을 차경借景

검붉은 하늘의 강이
남도로 달려간다
섬에서
용암이 흘러내리고
불붙은 고라니
바다로 뛰어든다

잠을 깬 어린아이가
북쪽 창 차경에 놀라
울음을 터뜨린다
아무도 없다

저녁노을은
도시의 불빛과 겨루며
피멍울 솜을 뜯어낸다
잘 있으라는 눈짓도 없는
조용한 배웅

불편한 회상을 추스르고

앙금들이 흩어진다

내일은 노을빛 비가 오려나

언젠가 먼 길 기어이

따라나설 줄 알면서도

지금 보내기 서러워

남쪽 바다 저녁노을

젖은 눈동자에 맺혀 있다.

〈심상 2023. 8.〉

* 차경(借景): 자연경관을 건축 속으로 끌어들여 마치 외부의 경
  관이 건축의 일부인 것처럼 활용하는 동아시아 전통 건축기법

남도의 폭설

눈보라와

물보라가

어깨춤을 춘다

바람이 중력을 거슬러

솟구치는 눈꽃

곤두박질하는 포말

눈꽃 화석 피운 갯바위

포말이 나비 되어 나부끼고

폭설이

그치길 기다리는지

내리길 바라는지

시간마저 묻혀

수평선과

지평선 경계 허무는

저 눈발

푸른 솔향

갈비 내린다
늦가을 비바람 타고
갈색이 내린다

진 솔잎 지르밟으면
곰삭은 발효차 향
오솔길 이끼 어루만지고

먼 하늘 아슴한 동네
청솔 잎에 안친
떡시루를

마른 몸
잉걸불로 익혀
뜨거운 이슬 들으니

순명順命으로

피어나는

푸른 솔향

봄마다 꽃으로

한 뼘의 아기 진달래
바위틈에 몸 낮추고

서너 송이 가냘프고
물들이다 만 연분홍

난쟁이처럼 웅크린 모습
아지랑이로 흩어지고

하늘 햇빛 달 바람까지
누구와도 다투지 않고

연둣빛 이파리 돋을 즈음
비로소 생명인 줄 알지만

온전한 자유 누리며
봄마다 꽃으로 핀다.

벚꽃

바람에 휘둘리던
나비 떼
거울 연못에 내려앉고

향기 숨긴
하이얀 꽃 비늘구름을
붉은 잉어가
삼켰다 내뱉는다

물빛에 어린
앙가슴 그리움
헤집는 바람에 흔들리는데

져서도 그리 고운
꽃잎이
술잔 속에 떠 있네.

운무의 숲

빨간 앵두
물방울 영롱하고
송홧가루 씻긴
솔 색 짙푸르다

바람에 몸 말리는
아까시나무 위
검은 광택을 쏘는
까마귀

달궈진 징이
대지 위로 떠오르면
금계국의
수줍은 경배

낙인의 두려움이
부끄러운
비 갠 뒤
운무의 숲

취맹臭盲의 봄날 고백

아카시 꽃잎 누워 있는
붉은 황톳길
맨발로 걸어가면

발가락이 터뜨리는
달콤한 하얀 촉감
꿈틀대는 맛봉오리
아카시 꽃을 오물거린다

꽃내음에
눈과 입 맞추면
바람에 실려 오는
그윽한 밀애密愛

안개

태안반도의 자우룩한 안개는
떠오르는 태양을 가두었다
이윽고 안개가 물러갔을 때
황토밭 이랑의 빈 들

바다로 달려갔으나
해무는 더 오래 머물고
작은 물방울이 흩어진다
멀리 달아난 바다
황량한 갯벌

비어 있는 풍경에
솔밭이나 구름이라도
그려 넣어야 했다
붉고 검은 단색의
여수旅愁

햇살

자물쇠 채워진

징벌의 방

수인의 심장을 쏘는

한 줄기 햇살

송판 문 옹이구멍 속

눈동자

바깥세상을 훑는다

햇살 통째로 삼킨

통유리창 건물의

포만감

햇살 베어 먹힌

반지하 방의

허기

헤프거나

고픈 햇살

돋보기로 화살촉을 갈아

개미를 쏠까

프리즘에 미끄럼 태워

무지개를 그릴까

한 뼘 볕뉘마저 아까워

몸을 굴려 태우고

작은 화분에 꽃씨 뿌린다.

어둠을 맞으며

한여름 붉은 해가
물마루를 붙들고 있다

끝없이 후퇴한
썰물의 갯벌 평원
물비늘에 아이들 뛰놀고
작은 게들
비눗방울 굴리는 소리

햇볕이 바닷물에 씻겨
뜨겁게 달궈진
잿빛 구들장
솜이불처럼 부드러워 졸립다

슬며시 찾아온 어둠
색채와 형태마저 감췄으나
혼자만 아는 부끄러움
남몰래 얼굴 붉힌다.

고택古宅 정경

고택의 안주인은
마당을 쓸다가 일벌이
죽어 나뒹구는 걸 보고
잉태 못 할 꽃들이
가엽다 한다

고택의 바깥주인은
장대 높이 들고
솟을대문 처마
제비집 털어 내며
문지방 더러워질까 걱정한다

행랑에 든 길손은
고택 주인 내외의
유정 무정을
세상사와 견주다가
깊은 잠에 빠져들고

만삭의 어미 제비

달빛 아래 주저앉아

파르르 떨고 있다.

장마

하지에 못 캔 감자
밭고랑에 뒹굴고

마당귀 수국 꽃밭
꺼이꺼이 두꺼비

해 잃은 장닭
장지문 소리에 홰를 친다

잠깐 볕 뉘
빨랫줄에 고쟁이 잠방이

툇마루에 들깨 참깨
거풍(擧風)

댓돌 위 지렁이도
해바라기 마실 간다

고샅길 비사치기하는데
앞산 마루 천둥 번개
비 설거지하러 내달린다
먹구름보다 빠르게

추녀 아래 낙숫물
미꾸라지 타고 내린다.

지심도只心島

일상에서의 조난

원시림 끝

해벽 위에 선다

파도에 울분을 실어 보내던

술잔 속의

피난처

어깨 감싸주던 오솔길엔

동백나무

검붉은 낙화

무심한 발길이

하늘 보고 누운

노란 꽃술을 기어이

밟고 지나간다

외롭고 처연해

마음 주었던 섬

서툰 분장이 당신의

거친 표변처럼 어지럽고

함께 보아서 황홀했던

나비 떼의 군무

해무에 갇혔다.

독도 민들레

노란빛 염원
홀씨로 부풀어
거센 해풍에
몸 실을 채비를 한다

하늘과 바다로 열린 땅
내가 살던 곳
눈비늘 덮고
해무에 목 축이며
긴 겨울을 났다

이제 꽃 다 진자리
뼛속까지 다 비워
해벽을 뛰어내리는
민들레 홀씨의 군무

가없이 헤엄쳐 간
별자리 강치 해치

샛노란 하늘 꽃밭에서 졸고

달집 불길 위에

액막이 연 춤사위

〈심상 2024. 4.〉

등대의 시간

여명 깃들어
불빛 사위면
해그림자 늘어진 등대

먼바다 떠날 뱃사람
만선 기다리는 아낙
술 마시는 노인
등대 품으로 찾아든다

그늘 찾는 사람
해바라기하는 사람
만났다 헤어지고
가고야 마는
시침과 분침

긴 방파제 걸으며
달그림자
늘어지는 시간

빈자리에 바람이 울고

여기로 깃들라는

명멸의 모스 부호

니스의 새벽

어스름 새벽 언덕길
갓 구워낸 빵 냄새가 바다로 흐른다
목줄을 한 개는
가을꽃 향기가 어지럽고
버려진 개는 느긋이
간밤의 잔해를 핥는다

젊은 남자가 스쳐 가는 여인의
비누 냄새에 흠칫한다
노인은 밤새 쓴 편지에
외로움을 밀봉해 우체통에 넣는다

윤슬을 가르며
물방울을 튕겨내는
여인의 솜털 보송한 팔뚝
해변에서 밤을 지새운 젊은이가
졸음을 털어 내려 눈을 비빈다

동전을 찾는 집시와

기도하는 순례자

맨발의 무용수가 춤추던 그 해변

낚싯바늘에 걸린 문어가

지중해의 햇살을

움켜쥐려 펄럭이고 있다.

베네치아의 새벽 배

먼동 아침노을이
성당의 두오모를 물들이고
이윽고 바닷물에 잠겨 일렁인다

나는 뱃전에 앉아
물보라로 흩어지는 아침노을을 보며
미로 같은 도시의 혈관을 헤집다가
아무 데서나 내린다
성당의 넓은 광장에 앉거나

곤돌라가 쉬고 있는
좁은 수로 옆길을 걷다가
다음 나루에서
새벽 배를 기다린다

타고 싶으면 타고
내리고 싶으면 내리고,

걷고 싶으면 걷고

주저앉고 싶으면 주저앉고

무너져 내리기도 했다

차라리 가라앉은 도시에서

길 잃은 방랑자가 되고팠던

5월의 아득한 어느 날

베네치아의 새벽 배를 타고 있었다.

별을 깨우다

할리데이비슨 행렬이 하늘 높이 굉음을 쏘아 올린다. 소음 증폭기의 진동이 별을 흔들어 깨우고 우수수 별똥별이 떨어진다. 계곡의 작은 자리까지 별똥별을 주우려는 야영객들로 가득하다. 소원을 비는 주문이 계곡의 물소리조차 삼킨다. 입술을 펄럭이기도 전에 사라지는 별똥별. 그 순간을 붙잡아 본 적이 없다. 보물찾기에서 뭘 건져본 적이 없는 평온한 체념.

시간이 정지된 이곳의 정적은 은비령이란 이름을 얻으며 흔들리기 시작했다. 필례약수터에 별똥별이 쌓여 목 축일 물조차 남지 않았다는 소문이 떠돈다. 사람들은 전하지 못한 소원들을 샘물 깊이 던지고 있다. 은비령에서 별을 따서 가슴에 담고, 거기에 묻으며, 영원한 사랑을 이대로 간직하길 빌었다.

새카만 먹지의 바늘구멍처럼 촘촘히 박힌 별자리들. 한여름 밤하늘에 죽은 듯 숨죽인 별들의 정물이 슬프게도 아름답다. 바람 한 점 없는 여름밤, 움직임이 없는 별무리는 석고상의 눈이다. 별을 깨우려고, 내가 깨어 있으려고, 쉴 새 없이 눈을 깜박인다. 할리데이 비슨 행렬이 은비령을 넘어가고 있다. 별똥별이 진다.

〈심상 2023. 12.〉

제2부

종점에서 길을 잃다

시간의 나이테

Ⅰ-불면

벽시계의 초침 소리가 벽을 두드린다
거실과 안방 건넌방 벽에서
소음이 공명하며 커진다
심장을 꺼내고 방바닥에 눕힌다

서랍 속의 손목시계도 움직인다
오래된 태엽시계와
진자시계와
디지털시계가
딴청을 부리며 1초를 세고 있다

언 호수의 눈보라,
정글의 네이팜탄 불길,
광장의 최루탄 냄새가 엉킨다
봉황 무늬 시계가 퍼덕거린다

잠자던 시계들이 한꺼번에 깨어나
'말하라 그대들이 본 것이 무엇인가'* 노래를 합창한다
살아도 죽은 시계와
죽어도 살아있는 시계의
불협화음,
불면의 밤이 깊어 간다.

Ⅱ-변주

막대기 그림자로 본
햇빛의 시간
점적의 소리로 들었던
물방울의 시간
무너져 내린
모래의 시간

눈부신 시간과
눈물의 시간과

뼈를 가루로 만든 시간이
흐르고 있다

지금 여기서
잠자는 시계를 보았던 사람들만
불변의 시간을 기억한다

시간 가는 줄 몰랐던 사람은
즐겁지만 짧게 살았고,
시간이 고달팠던 사람은
슬프게도 오래 살았다

아주 먼 곳에서 흘러와
영원으로 사라진 시간들,
영광의 날을 살아간 사람들은
세월이 덧없다는
허세의 말을 남겼다.

Ⅲ-유폐

우주의 진실을 찾으려
시간을 만들어

시계로 간격을 재다가
스스로 시간의 노예가 되었다

시계를 치워버린
힐링 숙소에서
시계판 두 개의
손목시계를 들여다본다
예물 시계를 교환하는
구속의 의식
시간도 갇힌
징벌의 방

눈 폭풍을 몰고 오는
위기의 시간
미리 알아챌수록
두려움의 시간도 길다

시계는 언제나
같은 일을 두고
다른 시간의 역사를 기록하곤
깊고 긴 잠에 든다.

* 가수 조용필 앨범 10집의 19분 56초 길이의 타이틀곡

그해 여름

당포성* 진지에서도
검은 연기가
치솟는 풍경이 보였다

서해로 떨어지는 저녁놀이
임진강을 벌겋게 물들이면
이윽고 하얀 연기가 흩어지고
전우들은
한 줌 가루로 승천했다
수면 위로
물고기들이 튀어 올랐다

밀물과 썰물이 드나들고
세 번째 여름이 다가와도
포성은 멎지 않았다
한강과 대동강의 중간지대
적과의 고지전은 질기게 되풀이됐다

지금 유엔군 화장장 굴뚝은

첨탑이 사라진 성당의

종루처럼 을씨년스럽고

돌담을 기어간 담쟁이가

무너진 상흔을 가리고 있다

비겁한 몽진의

그 강을 지킨 이방인들에게

술 한 잔 부어 놓고 고개 숙인다

진혼의 사이렌이

70년 세월의 강을 거슬러

길게 울고 있다.

〈심상 2023. 6.〉

　* 연천군 전곡읍의 서북쪽 임진강 북안과 그 지류에 형성된 천연

　절벽을 이용하여 축조한 평지성

금강산 콘도

마차진 해변 끼고
금강산 가는 길인가
해 뜨면 객실이
바다 위에 누워 있고
창 밖 무송정은
섬인 듯 뭍인 듯 어엿하지만
객실엔 풍경을 이탈한
정물이 놓여 있다

기울어진 냉장고가 비틀거리고
설렘 엿듣던 식탁은 삐걱거린다
헐거워진 콘센트 구멍으로
찬바람 드는데
오늘따라 양간지풍이
북쪽으로 북쪽으로
산불을 밀어 올리고 있다

불기둥이

창문을 시뻘겋게 물들이고

이불 속으로 기어들던 밤

잠을 설친 기억이 난다

비무장 불모지대는

남진하는 산불을 간신히 막아주었다

지독한 화공 작전이 멎고

뱃길 육로 열렸는데

한 목숨 비명에 앗아간 총성

흥청대던 금강산 콘도는

동해 심층수 길어 해수탕 데워 놓고

오지 못할 손님을 기다린다.

꽃무릇 해후邂逅

---제주4.3평화공원에서

곱게 땋은

꽃무릇 한 송이

거친오름

26살 위패 앞

모슬포의 그날 새벽

달빛에

유채꽃 눈부신데

검은 돌에

동백 꽃잎 점점이 박히고

덜 죽은 사람은

누군가를 애타게 부르는데

아버지의

희미한 목소리

치욕의 무서운 땅을 떠나
뉴욕의 낯선 거리에서
산발한 남의 머리를
꽃무릇처럼
매만지며 살아왔구나

청년인 아버지
백발의 딸
제단에 놓인 한 송이
꽃무릇에 눈을 맞춘다.

말문門 닫다

가면 쓴 얼굴들
선 채로 뼛속까지
다림질하며
무겁고 아팠다

들숨도 날숨도 멈춘
무표정한 얼굴
붉게 칠한 분장으로
극한의 통증을 감추었다

이렇게 짧고 익숙한 골목길에
그렇게 맥없이 쓰러져
풀어진 망토로 얼굴 가릴 때
이태원 하늘의 별빛도 사위었다

먼 듯 짧았고
자우룩했던 젊은 날
들뜬 축제는 끝나고

벗겨진 신발만 가지런하다

무심한 세상에
뜨겁던 꿈
된서리에 식어
말문 닫았다.

초량草梁

부산에서도 초량은 거센 해풍이 쓸고 갈 때마다 거리
이름을 바꾼다. 청관거리는 유서가 깊어 동래 기생 진
주 기생 다 불렀을 법한데 환향녀의 비련을 떠올리게
했다. 청군이 패주해 중국집만 남겨두고 떠났을 때 왜
관 거리가 흥청거렸다. 관부연락선은 부지런히 어린
소녀들을 태워 나르다 그들 또한 전쟁에 져 허둥지둥
떠났다.

초량에 텍사스촌이 들어선 건 그즈음으로 항공모함
수병들이 물밀듯 쏟아져 들어왔다. 미아는 면세 맥주
와 웃음을 팔아 달러를 벌면서 매달 보건증을 내야 하
는 처지를 서러워했다. 사람들은 치외법권 지대를 지
키던 MP들의 눈빛을 피해 먼 길로 돌아갔다.

텍사스촌과 가까운 아랑각에 밤새 홍등이 켜져 있었
다. 기생 관광버스가 도착하면 주렴 밑으로 춤추는 버
선발이 보이고 지화자 장구 소리가 담장을 넘었다. 애
월의 저고리 섶 안에 엔화가 꽂힐 때 아랑각 정원의 모란이 소리 없이 졌다.

초량에는 러시아 여인들로 붐볐던 적이 있다. 마샤는 복국집 술손님 시중을 들다 곤드레가 되어 구들목에 잠들었는데 하얀 허벅지 스타킹 속에 만 원짜리가 꽂혀 있었다. 소냐는 눌러앉아 백마라는 별명을 얻었고 지금도 러시아 거리를 지키고 있다. 러시아 여인들의 얼굴에 애월과 미아가 겹쳐진다.

사람들은 뙤놈 왜놈 양놈 로스케 속으론 그렇게 부르면서도 차이나타운 텍사스 스트리트 러시아 거리라는 이름을 붙였다. 초량에 항일거리라는 이름이 붙은 게 이태 전의 일로 관부연락선을 타고 떠났다가 부관연락선을 타고 돌아온 소녀가 슬픈 눈으로 앉아 있다.

백학 노래의 묵시록

드론이 떼 지어 날아가고
아득한 소실점에 폭발하는
검붉은 연기 노을
포신이 꺾인 탱크는 녹슬었다

땅에 묻혀
해바라기꽃이 되라는 말
참을 수 없는 저주에
기관총을 겨누었으나
우크라이나 여인은 장갑차를 막아섰다

해바라기 꽃씨를 남겨두지 않으리
호주머니를 뒤집어
깨물었던 슬픔을 멀리 내뱉는다
바람에 펄럭이는 외로운 영혼들

대초원은 천천히 어김없이
샛노랗게 일렁이다가

냉기에 고개 떨구고
철새도 먼 길 떠날 채비를 한다

자작나무 붉게 타오르는
고향 집 페치카
백학의 노래가 안부 묻는데
참호의 병사는
십자가를 쥐고 잠들었다.

금禁줄

막걸리 괴는 소리를 들으며
또 하루가 갔다

문 닫지 못한 오래된 술도가
외상 장부를 들추며
누룩 값이 나올지 가늠한다

징섬 가는 길에 들렀다가
느닷없이 받은 편지는
'목숨만큼 소중한 그대'로 시작했다

접견 창 너머 들리도록
꼬마가 생일 축가를 불렀다
수인은
하얀 타월을 목에 감은 채
울음을 삼키고
웃었다

구멍 뚫린 유리창으로

하얀 입김이
새어 나와 흩어졌다
애써 잊고 지냈는데,
그런데
나는 너에게
너는 나에게
무엇이기에
이리도 눈가가 뜨거워지는가

징섬은 포구와 가까웠으나
거룻배를 타야 했다
섬 마루 허물어진 집
무인도의 뜰
격쟁도 소용없고
메아리 없는 소도

이승의 업으로 빚은
막걸리로 제의를 올리며
사람을 가두기도 풀기도

예사로 하는

어긋난 시대정신에

금줄을 친다.

실종 경보

언 강 풀리며 꿍꿍 울어대는 밤
실종 경보가 떴다
그 남자가 사라졌는가 보다

빨간 목도리
남색 모자 체크무늬 바지
키 크고 준수한
예순일곱 살
멋지게 차려입고
몰래 사라졌는가 보다

그 남자는
추억 어린 찻집 모퉁이나
어릴 적 멱감던 광나루 근처를
헤매고 있을지도 모른다

만날재 너머 수십 리 길
친정집 우물가 달빛 아래 앉아

누군가를 기다리던

어머니처럼

스스로 누구인지 모르고

추억도 모두 잃었는데

속절없는 발걸음만

기다려 줄 사람을 기억하는가 보다.

종이보다 가벼운

노인은 종이보다
가볍다
폐지 실은 손수레가 주저앉으면
몸이 하늘에 매달린다

머릿속은 종이처럼 구겨져
아무런 눈치도 없이
비틀대며 차도를 질주한다

긴 노동을 끝내면
휴지처럼 풀어진 채
빈집으로 돌아간다

뼛속처럼 하얘 가는 연탄불을 살려
라면을 끓이는데
방금 산 아이스크림이 다디달다

폐지의 무게를 달아서 사는
한 움큼의 자유

노숙인 넷

Ⅰ. 자존심

소보로빵 두 개 놓아두고
어깨 좁은 주인은 마실 나갔다
교대역 6번 출구
모래 적재함 위
위태로운 골판지 이부자리
배낭에서 삐어져 나온
구인 전단지
어느 날 모래주머니가
대신 누워 있다
성경 열심히 읽더니
쫓겨났다

Ⅱ. 찬란한 날들

앙상한 손가락이
해진 달력 위에 머문다

고속터미널 앞 환풍구 바람에

단발머리 헝클어진 여인

해 저물도록

간 날과

올 날을 짚고 있다

III. 박제

팔베개로 누운 남자

로비 기둥에 기대어

졸고 있는 친구

중간색과 원색의 몽환

'동훈과 준호'의

미술관 외출

박제 비둘기 '유령'이 서성인다.

Ⅳ. 여행

아스팔트 바닥

서울역 유람선

빙 둘러앉은 갑판에

소주병 늘어가고

저녁노을인지 술기운인지

발그레한 얼굴들

하늘 높이

새우깡 고수레

비둘기 떼가 먹이 채어

집으로 돌아가는데

뿌리조차 뽑혔다.

　* '유령' '동훈과 준호'는 이탈리아 현대미술가 '마우리치오 카
　텔란'이 리움미술관 천장 창틀과 바닥에 전시했던 설치미술
　작품명

소망

암 병동으로 가는
긴 회랑에
햇빛이 부서져 내린다
남자는 무채색 베레모나 비니,
여자는 꽃 리본을 단 두건을 쓰고
말없이 의자에 앉아 있다

다 가리지 못한
뒷머리에 바람이 들고,
오늘 깎은 맨머리는
파르스름하다
무표정한 시선들이
지붕 위 한가로운 비둘기 떼에 머문다

암 병동 모자 가게에서
그늘진 여심이
예쁜 모자를 찾고 있다
사라진 가슴을

실리콘 브래지어로 가린
마네킹이 살짝 웃는다

꽃떨기로 낙하해
눈물로 적셨던 머리칼이
소복했다
솜털 보송한 꽃눈 내민
액자 속 야생화를
그윽이 바라본다.

교대역 4-3

그림자를 지우려는 사람에게 다가가 말을 건네곤 했다. 누군가의 그림자가 사라져도 지하철 플랫폼 환한 불빛을 뚫고 사람들이 쏟아져 나왔다. 인적이 뜸한 밤 늦은 시간에 불안이 스며들었다. 스크린도어가 세워진 후 뒤척이는 밤은 없었다.

무표정한 청년은 아침마다 김밥 두 줄을, 헤어 롤러를 한 아가씨는 서둘러 스타킹을 사 들고 열차 속으로 빨려 들어간다. 인파가 쓸고 가면 중절모 신사가 나타나 박카스 한 병을 들이키며 목젖을 흔든다. 노인은 배낭에 등산 스틱을 꽂고 모시떡과 우유 한 팩을 산 뒤 사라진다.

'가성비 최고' '신상품 멋쟁이' '공주 스타일 히트상품'이라고 적힌 빨강 노랑 포스트잇은 참말이다. 코로나19가 한창일 때는 수십 가지 마스크를 신나게 팔았다. 떡과 빵 김밥 음료 모자 장갑 지갑 스카프 머리핀 모자 배낭 벨트 휴대폰 커버 이어폰 핫팩 충전기…… 스쳐 가는 단골들에게 눈인사를 건넨다.

나는 뜨내기 장사꾼이 아니다. 지하철 3호선 교대역 승강장 4-3번 앞 한 평짜리 만물상 대표. 싸고 맛깔스러운 물건을 열차가 떠나기 전에 팔아야 하는 진정한 상인이다. 철거한다는 말이 야속하지만, 지하철역 편의점을 이겨야 한다. 여기 바로 위 햇빛 쏟아지고 청량한 바람 부는 땅 위에 번듯한 가게를 꾸려 단골손님을 맞고 싶다. 그 날은 기다리며 아침마다 땅속으로 들어가 땀 냄새를 맡는다.

종점에서 길을 잃다

선도 면도 사라진

하얀 변방

두 정거장을 놓쳤을 뿐인데

가본 적 없는 망원동

7번 시내버스 낯선 종점

차창 밖 눈발 사이로

눈인지 눈물인지

그녀의 볼에 어리는 걸

스쳐보고 막차를 탔는데

풍경은 정물이 되고

운전기사가 잠든 나를

흔들어 깨운다

슬래브 이층집 지붕들

그 집이 그 집이어서

달빛 아래 길을 잃고

눈 밟는 소리조차

터질 듯한 적막
멀리서 개 짖는 소리

눈이 내리면
그날처럼 막막해
어쩔 줄 모르는 날엔
갈 곳 없는 종점에서
잠결에 두고 내린
얼굴을 찾아 헤맨다.

저기 집 있는 데로 가오

치마바위에 이르자 날이 어둑해졌다
"저기로 가면 집이 나옵니까?"
숲길만 나온다고 하니 고개를 젓고 사라진다
그녀는 뒷산 오솔길에서
마주칠 때마다 길을 묻는다

검은 점퍼 회색 배낭 하얀 우산을 짚은
무채색이 오늘도 걷고 있다
"저기로 가면 집이 나옵니까?"
발자국마다 흘러내리는 기억
북서풍에 눈발이 날리고
들고양이도 바위틈에 몸을 숨긴다

갈림길마다 망설이길래
먼저 물었다
"댁이 어디입니까?"
"저기 우리 집이 있소."
"저기가 어디입니까?"

"정릉이오."
서너 굽이 북한산 너머
함박눈 쏟아지는 하늘을 가리킨다
찾지 못할 집으로 가던
눈사람이 우두커니 서 있다.

저체온

늦가을의 바다 수영
펄펄 끓는 몸을 담근다
잉걸불 육체는
박제된 기억

피가 식고
마음은 더 빠르게 차가워졌다
가을볕 뜨거운 모래밭에 누워도
당황스런 오한

냄비를 태우고
딴전 부리며
무람한 눈빛에
나태한 오감

상실은
깨어나지 않는 동면
장롱 속 내복을 꺼내 입고

햇살 좇는

수막새 얼굴 짓는다.

발칙한 유희遊戲

휴대폰이 나를 부른다

지아비와 아비를

그리 불러도 관용하는 유희

카톡소리를 들으며

각성제를 들이킨다

콩대 꼰대 콘데~

은행 창구 직원은

왜 큰 소리로 같은 말을 되풀이할까?

만반잘부 애빼시 혼틈…….

신조어는 모두 과녁을 비켜갔다

스스로 한심한 날

가족들의 카톡 알림 소리를 바꾸고

손가락 마디를 차례로 꺾는다

콘데 꼰대 콩대~

녹슨 훈장은 서랍 속에 묻고
화내지도 풀 죽지도 않겠다는 다짐
뱃길 놓칠까
변침 키 움켜잡는 절규

* 만반잘부: 만나서 반가워 잘 부탁해. 애빼시: 애교 빼면 시체.

혼틈: 혼란한 틈을 타(네이버 사전 신조어 퀴즈)

만월滿月을 기다리며

온몸의 중력 버텨내던 장수
베란다 문턱에 걸려
달을 놓아버린 건
다만 꽃을 좋아한 죄

투구는 벗겨지고
선혈 낭자한 민낯
핀셋에 붙잡혀
풀 죽은 달의 뒤태

누굴 탓하랴 마는
자전도 공전도 없는
떠돌이별로
살아가길 바랐으나

지극한 아픔 보듬으니
살포시 초승달 뜨고

만삭에는 엄지발가락

만월이 시퍼렇겠네.

제3부

무명無名의 덫

난도鸞刀

오방색 궁상각치우
바람을 가르는 칼춤
고궁 뜰엔 방울소리

경직된 희생이
긴장을 푸는 순간
해체의 시간
선혈로 뿌려지는 경배

햇빛 좋은 신시申時
재인의 손에 들려
바람을 베던 의식
희생도 방울도 달아났다

칼코에서 칼자루까지
오직 다섯 개의 숨구멍
박물관에 갇힌 난도의
복화술 궁상각치우

* 난도鑾刀: 국가 제사를 지낼 때 제물로 쓸 짐승을 잡는 데 사

  용하던 칼. 다른 소리가 나는 5개의 방울을 달았다.

* 재인: 짐승을 잡는 사람

불꽃놀이

불처럼 살다가 사위어 간
하늘의 꽃
눈부신 찰나를 위해
온 힘 다한 빛의 꽃

우레로 심장을 두드리고
마지막 장렬한 꽃잎
절정에 이르러
우러러 경배의 탄성을 불러낸다

가장 고통스런 시련에
그윽이 미소 짓는 영웅의
혼불

저 꽃
밤하늘에 걸어두고
누구라도
부둥켜안고 싶은데

불꽃은

소리 없이 진다.

정지비행 1

바람 가득 안은 연이거나
무풍지대에 갇힌 범선처럼
미동도 없이 떠 있다

둥그렇게 활공하던 참매가
지극한 힘의 원점에서
멈춰야 비로소 보이는
먹잇감을 응시한다

감성돔 지느러미처럼
날이 선 칼깃과 꽁지깃은
언제라도 바람칼이 되어
내리꽂힌다

북극 냉기가 밀려온 봄날
참매는
창공의 거센 바람과 맞서며
깃털까지 사력을 다해

생존의 비행을 하고 있다

한 점 구름도 작은 포말도 없는
새파란 화폭에
검고 하얀 깃과 갈색 몸통으로 그린
본능의 자화상은
눈부시다.

정지비행 2

하늘의 그림자가
바다가 되어
함께 짙푸르고

물빛에 어린
제 그림자를 쫓는
참매의 정지비행

허상虛像의 먹이를
낚아채려
곤두박질한다

가눌 수 없는
무풍지대
무욕의 내만內灣

떠내려가는 도시

37층 객실 창문에 갇힌 밤
어둠은 방파제에 정박하고
갯바위를 점령한 갯강구가
먹잇감을 다투며 우글거린다
영도다리 조명이 추락해
파도에 나부낀다

폐타이어를 두른 작은 유조선들
기름 탱크는 선창에 감추고
초록색 갑판이 번들거린다
검은 고무가 부대끼는
서늘한 마찰음
갈매기 떼는 마스트에 앉아 잠들었다

방파제 포장마차엔
주인과 손님 둘뿐
혼술 하던 남자는 무료함을 달래려
슬픈 기억을 더듬는다

십자가와 하트 네온사인이 찬란한

저 낯설고도 익숙한 도시

일렁이며 떠내려가고 있다.

무명無名의 덫

어미의 젖무덤은
바람 빠진 갈색 풍선
갈비뼈는 쇠스랑인데

폭설을 뚫고 문수봉에 올라
등산객이 던져 줄 먹이를 기다린다
먼발치서
비굴한 눈빛으로

순종으로 애걸했으나
끝내 버려져
이름조차 잊힌 무명
아무도 불러주지 않는다

그 흔한 개모차를 타고
으쓱한 기분이 들었구나
돌아서면 그 뿐인 것을
사람을 사랑을

멀리해야 하는 이유

야합이 잉태한 아이들
살이 올라 떠나야 할 시간인데
들개는 들개로 불릴 뿐
이름이 없다

입을 벌린 포획 덫 옆
어린 검둥이 누렁이 눈밭을 뒹군다
버리곤 다시 잡는
비정非情!
까마귀가 놀라서 솟구친다.

무명無名빌라

집주인은 처음부터
이름이 없다는 문패를 달았다
상표는 없지만 품격 있다는
*노브랜드, 무지루시처럼

산기슭 길 이름은 번듯한 연희로
택배 차량은 닿기 힘들고
우편배달 오토바이는 비탈길을 오르며
가쁜 숨을 몰아쉰다

큰 눈으로
마을버스가 헛바퀴 굴린 날
쇠난간 짚은 손바닥이
얼어붙어 뜨거웠다

이번 여름 마을버스 끊긴 밤
물텀벙 껍질이 된
몸을 부리고
식을 때까지 찬물을 끼얹었다

여기선 굽어지는 내부순환도로
꽁지 무는 차량 불빛과
*인왕제색도의 일출도
단잠을 깨울 뿐 성가시다

집주인은 이름은 없지만
착한 사람이 모여 산다며
조용히 잘 지내다가
이름 있는 곳으로 떠나라는
덕담을 건넨다.

* No Brand는 이마트 자체 브랜드, 무지루시(無印)은 일본의
  라이프스타일 브랜드인데 '상표가 없는 좋은 제품'으로 마케
  팅을 벌인다.
* 조선 후기 화가 겸재 정선의 대표작으로 인왕산을 그린 국보

하늘로 간 둥지

하늘로 하늘로 올라간

나뭇가지 끝

위태로운 우듬지

하늘 지붕 달동네는

둥지 터는 청설모에겐

금禁줄

바람 손님은

무시로 드나들어

어지럽게 흔들거리고

천둥 번개에

귀먹고 눈먼 밤

가녀린 목숨 온몸 적신 채

쫓겨서 갈 데까지 간

내력을 곱씹다가

이윽고 비바람 물러가고
해와 달 별빛 스며들면
어미가 도시의 불빛 마다하고
텃새로 남은 일을 알아차렸다.

귀소歸巢

카페 유리창 너머 빈 둥지
비닐 끈과 폴리에스터 리본이
늘어져 바람에 나부낀다

가슴 찌르는 날카로운 플라스틱
부리를 감는 마스크 줄
물이 고인 서늘한 둥지
어미 새는 알을 품지 못해 떠나갔다

말라 죽은 꽃나무 화분을 엎었을 때
얇은 흙살 밑에 숨겨진
스티로폼 조각들
삼켰던 비명 소리가 들린다

식은 커피를 홀짝이는데
홀연히 나타난 황조롱이
보금자리는 꽃잎과 들풀로 향기롭다며
큰 눈 말똥거린다

쓰레기장 움막살이에도
볼 살 통통하게 붙은 아이처럼
새끼 황조롱이 잘도 자라
하늘 높이 치솟아 올랐다.

생명을 대하는 위선

하필 동백을 닮은 피쿠스는
붉은 꽃을 보겠다는
허튼 기대를 키웠다
꽃 없는 열대성 분재임을
눈치 챈 건 몇 해 뒤의 일
가지를 잘라내고
혹한에 얼어 죽도록 버렸다

바짝 마른 화분을 털다가 드러난
희미한 초록빛 뿌리,
메마른 흙살을 간신히 붙들고
봄을 기다리고 있다
열대성 나무가
북반구의 한겨울을 났다

치아 엑스레이 사진 속
온전한 치아는 열 개 남짓,
의사는 뿌리가 살았으면

죽은 게 아니라고
무심코 말했다
뿌리가 남아있던 의치들이 되살아나
잇몸이 근질거린다

삭정이가 된 피쿠스를 보며
저항할 수 없는 적군에게
총부리를 겨눈 병사처럼
마음이 흔들렸다
절명시킬 명분을 서둘러 찾는다
푸르스름한 뿌리는
숨지기 전 마지막 몸부림일 뿐
이미 죽은 거라고 속인다

톱날에 맺힌
뿌리의 촉촉한 수액
쓰레기장에 버린 피쿠스가 자라나
옹이마다 눈을 달고
유기견들을 돌보고 있다
베갯잇이 식은땀으로 흥건하다.

〈심상 2023. 5.〉

묻혀도 살아 있다

작은 샘에 가는 물줄기 모여
개구리 소금쟁이
꽃창포 수련 어울던 곳
입동 무렵이든가 흙더미 쏟아져
막 겨울잠 자려던 생명들
어둠 속에 갇혔다

포클레인은 모래를 퍼부어
물길을 막았다
둠벙을 성가셔 하던 사람들
아랫마을 아파트 담벼락 하얀 빙벽을 없앤다면
생명은 아무것도 아니었다

논골 삿갓배미 생명의 근원
수양버들 물그림자 사라지고
곤줄박이 동박새 모두 떠났다
둠벙의 무덤엔 메마른 잔디

흔적조차 지워졌지만 그래도

작은 물줄기는

바위 틈 더 깊숙이

가던 길을 솟구치고 달리며

올챙이 알 헤집는

논골 마을 아이들

웃음소리 기다린다.

시절인연

웅숭깊은 운두는
누렁이호박처럼 풍만하다
언제나 제철 꽃 피워내는
황토화분을
누구나 눈에 든다고 했다

그 시절 다하고 검버섯 필 즈음
차라리 깨질지언정
길가에 나뒹굴어 서러웠다
바람이 구름 휘두르던 봄날
연민이 그를 거두어
게발선인장을 품게 했다

빗줄기 보채고 햇빛 다툰
시절인연
마디마디 붉은 꽃
천 개의 손으로 받들었다

본시 민둥산 흙살이

불꽃으로 태어났느니

어쩌다 탱자 가시 가슴에 박힌

그녀를 고이 안고

초록색 노 휘저어

버림도 채움도 잊는

깊은 바다에 가라앉았다.

탐욕의 성城

외계인 정류장
오벨리스크 기둥
크게 높게
앞 다퉈 성문 짓는다

번쩍이는 대리석 성곽
담쟁이도 넝쿨장미도
미끄러지고

휘황한 불빛 눈부셔
나무들 밤잠 설치고
새는 깃들이지 못한다

성채의 엘리베이터
등 맞대고
벽 마주해
하늘로 질주한다

담배 피우지 마세요
발 구르지 마세요
AI의 메마른 소리에
윗집 개 옆집 개 따라 짖는다

성은
허기진 탐욕으로
하늘로 하늘로
무성하게 자라는데
상자 속 얼굴들
우리끼리 따로따로

열려 있을 뿐
닫힌 성
사람 향기 없는
무인도

청개구리 동화

청개구리 소리가 소낙비로 쏟아진다
새로 지은 아파트 연못에
휴대폰 불빛이 반딧불이로 날고
청개구리와 아이들이 숨바꼭질 한다

쏴아~

　　쏴아~

　　　쏴아~

없던 게 처음 생긴 건 태초의 일
밤 마실 나온 할아버지는
청개구리가 하늘에서
빗줄기를 타고 왔다고 했다
아이는 고개 흔들며 청개구리 알이
소나무 옹이에 숨어서 왔다는데

다른 아이는 친구 없는 시골이 심심해
서울로 이사 왔다고 재잘거린다

잠자코 듣던 아이는 관찰 일기를 다 쓴 날
풋대추만 한 청개구리 한 쌍이
플라스틱 사육장에서
달아나는 걸 보았다고 했다

청개구리 동화가 변신을 거듭하는데
작은 정원 맑은 물만으로
성대 굵은 놈 가냘픈 놈 무럭무럭 자라
열대야 지루한 밤에
쏴아 ~ 쏴아 ~ 쏴아
도심 소음에 지친 귀를 씻어준다.

볼락어 꽃

집어등 찾아 든
붉은 꽃이
낚싯바늘에 걸려
타르초처럼 펄럭인다

건져 올리다 지쳐 뱃전에 드러눕는다
그믐밤 별빛이
볼락어 눈알에 맺혀 투명하다

별을 헤다 스르르 눈 감아도
낚싯대 쥔 손이 꿈틀거리고
손가락이 낚싯줄을 풀었다가 당긴다

갈기 세워 이불 위에서
펄떡거리는 볼락어
손맛에 감전돼 깨어난다

홍도 미륵바위에 바친 치성이
온 집안에
볼락어 꽃으로 피었다.

빙벽의 불꽃

로프에 매달린 생명줄
상승은 하강할 준비
언제든 끊어내야 하는 것

로프 한 가닥의 생명
보면서도 구하지 못하는
아픔을 깨물어야 하는 것

하늘로 다가가는
이유 없는 상승
피켈과 아이젠에서
빙벽의 불꽃이 낙하한다.

초절기교超絶技巧

그 소리의 근원을

나는 알지 못한다

초절기교를 쏟아내는 손가락은

프로펠러보다 빨라

볼 수 없었다

폭풍 부는 건반 위에

설산 오르는 알파이니스트

하늘 높이 외줄 타는 곡예사

바람을 베는 검객이

아른거렸을 뿐이다

초절기교 연습곡 12개의

음표들이

하늘을 모두 가렸다는 것만은

또렷이 기억하고 있다

마침내 모든 게 멈추고

땀방울이 건반을 두드리자

정적이 몰고 온 파동에

온몸이 퍼덕였다.

* 초절기교 연습곡: 헝가리 출신의 작곡가 프란츠 리스트가 작
  곡한 테크닉과 기교가 매우 어려운 12개의 피아노 연습곡이
  다. 2022년 6월 19일 미국 반 클라이번 콩쿠르에서 최연소
  (18세) 우승한 임윤찬은 준결승에서 리스트 '초절기교' 연습
  곡 전곡을 연주했다.

감각 너머

흩어지고 모이고
몸으로 채우고 비우는
넓고 좁은 공간
걷다가 멈춰
모서리를 끊고 스며든다

다가오다 멀어지는 진동
목소리를 내는 순간
사라지는 소리
들리다가 안 들리는 교차점
보청기로 사라진 소리 더듬는다

낙엽 쌓인 눈길 밟으면
얼음 서린 동치미 국물
뜨거운 동굴로 빨려 드는 소리

오래된 카메라 속

몸을 말고 잠든

흑백필름의

뉴런 neuron

감각 너머의 세상

제4부

멀어지는 풍경들

가르맛길

포도鋪道는
연분홍 빛 대리석

정수리에서
올곧게 흐르고

검은 머리칼
참빗 쓸고 가면

미명의 동백 향
문풍지 비집는데

한 올 어긋남 없어
벌 나비 비켜가던

온 마실 홀로
쪽을 찐 멍에

가르마

어머니의 길

쉰 살의 흑백사진

해벽 움켜쥔 거친 손
생명을 담는다
충혈된 눈
고양이 울음소리
손등을 베는 부리 칼날

삶은 괭이갈매기 알
흑갈색 반점들이 벗겨지는 시간
주린 배 떠올리면
연민은 부질없고
단지 허기 채울 무생명

하얀 물보라가
방파제를 넘어 오고 있다
물갈퀴로 움켜쥔다
바람에 요동치는 전깃줄을

둥지 지키는 태풍 열병식
흑백사진 속 쉰 살

기어이 살아낸 가장이
해맑게 웃고 있다.

무지개의 불안

태풍 지나간 적막한 하늘
무지개 걸렸는데
불안한 눈빛들
서성대는 포구

간밤 거센 비바람
장독 깨는 소리에
바다가 뒤집혀
돛단배를 삼키고 뱉어 내었다

태풍으로 큰물 지면
무지개와 함께
죽은 짐승들이 떠올랐다

가슴 졸이는 귀선의 시간
평온한 뱃길조차 두려운데
하늘은 왜 그리 예쁜지,
불끈 입술 깨물어

무지개를 끊어낸다

넋 놓은 시선 흔들리는데
수평선 저 멀리
돛대 끝 노란 깃발
무지개 일곱 색깔이
비로소 눈에 든다.

〈심상 2023. 5.〉

자네를 기억하며

내 어릴 적 자네는
집안의 기둥이었네
새벽 칼바람
김 서리는 고구마 술지게미
한 말들이 양철통 두 개는 버거웠지만
성찬盛饌 차림에 아침잠을 물리쳤네

자네는 갈색 곡차에 취해
와선臥禪하다
술 깨면 내 허리춤에
코 부비며 낮술을 졸랐다네

강 씨의 수퇘지가 불알을 흔들고 다녀가면
시간은 더디 가도 호롱불 빛 속에
새끼 돼지 열 마리를 고이 낳았지
반질반질 들기름 바른 아이들은
공덕을 쌓아
책가방에 깜장 운동화 월사금도 되어

가슴을 펴 주었다

지금도 선잠 깬 새벽이면
십 원짜리 동전을 들고
얼큰한 술 냄새 나는
주정 공장 쪽문에 줄을 선다

집안의 기둥이었던
내 어릴 적
자네를 위해

참박

달 항아리보다
환한 유산遺産
황토 곱게 바르고 에나멜 입혀
어두운 빈방에서
보름달로 빛난다

오 남매 태를 끊은
옛집 안방
정한수 길어다 놓고
앞길 고이 열어 달라던
새벽 치성
그 간절한 목소리

요양원에 보내지 말라고
애원하기에
무릎 꿇고 고개 숙인 채
아무 말도 못했다

고향 가는 열차

성에 낀 차창으로

손 흔들던 작별

'식구들과 잘 지내거라'

어머니의

참박이 들려주고 있다.

어머니의 시詩

잘 있거라 아이들아 큰아이야. 작은아이 너도. 작은아이 너가 열차가 멀어질 때까지 성에가 긴 유리창 너머로 손 흔들던 모습이 눈에 밟힌다.

치매 검사를 한다고 보건소 사람이 나왔을 때 뭐든 짐짓 모른다고 하라고 시키길래 고개만 끄덕였다. 너희들 문틈에 귀 대고 엿듣는 줄도 모른 체 자랑스레 정답을 맞혔다가 타박을 들었다. 저녁밥 먹은 걸 잊고 또 달라는 게 뭐 그리 대수더냐. 며느리가 내 흉 안 보느냐고 자주 묻는 게 흉이더냐.

파주로 요양병원 구경 가자길래 따라갔다. 제때 밥 주고 의사 있고 도우미 있고 기러기도 날아들고 논밭도 보이고……. 나는 잠자코 듣고 있었다. 아는 이 없는 요양병원에서 어떤 꽃인들 어느 새 울음소리인들 아름답겠느냐? 갈 때는 오냐, 여기에 오마 그래 놓고 이를 악물고 요양병원 노인들과 수인사도 공손히 나누었다. 그런데 말이다. 요양병원 앞 장단콩 순두부집에서 너희들이 막걸리를 마시며 어미가 마치 요양병원을 맘에 들어 하는 듯 천연덕스럽게 나누는 말을 들으며 부아가 치밀었다. 너희들은 수시로 문안 인사 온다고 말했지만 그럴듯하게 들리지 않았다.

종일 너희 오 남매 순서대로 입력된 휴대전화를 들여다보고 또 들여다보았다. 그리고 순서대로 번호를 눌러 '아이야, 식구들 잘 있제?' 한마디 하고 끊었다. 목소리가 그리워서. 어미가 50년 시집살이 하고 너희 애비 오래오래 병구완 하며 저세상 편안히 보냈는데 이리 대접받을 사람이 아니지 않느냐. 너거 형 월남 갔을 때 너희들 객지 있을 때 새벽마다 웃담 우물에서 정한수 길러와 무탈하게 해달라고 삼신할미한테 손바닥이 닳도록 빌고 또 빌었다. 너희들 누구에게도 도와달라는 말도 하지 않고 혼자서 다 보듬었다. 그러니 이건 아니지 않느냐?

나는 배고파도 안 고픈 척 들어도 못 들은 척 보고도

못 본 척 한평생을 그렇게 살았다. 에미는 그렇게 살다가 미련 없이 떠날 터이니 다시 서울 올 일도 너희들 집에 갈 일도 없을 터이니 슬피 울지 말어라. 그래서 제사도 안 지내게 윤달에 떠난다. 잘 있거라 아이들아. 날이 춥다. 내 걱정 말고 얼른 들어가거라.

바람길 골목의 노래

망태 짊어진 떡장수
바람길 골목 따라
달빛 받으며 걸어간다

찹싸알 떠억~ 망개애 떠억~

구슬퍼 배고파지는
멍에 한 짐
가슴 후리는 가락
그 소리 내기까지
맷손 몇 번을 갈고
걸어간 길 얼마였을까

창호 문 환한 달빛이
어깨 늘어진
긴 그림자를 붙드는데
허기진 그 노래가
바람길 골목을
걸어가고 있다.

우산

봄비 오고
바람 분다
돌개바람에 뒤집어진
앙상한 대나무 살
파란 비닐이 나부낀다

새파란 입술
추녀 아래 차갑게 떨고
숨 죽여도
가슴 뛰는 소리
하얀 블라우스 젖은 채
낙숫물 커튼에 갇혔다

순이야
이 비 그치면
우산 거두러 가자
백화점 회전문 앞에
널브러진 우산들

색색 우산 펼쳐 돌리며

춤추어 보자

부채춤보다 화사하게

찢어진 비닐우산

놓아버리고.

보릿고개

아기 하품 같은 풋내음
거실의 작은 재배상자에서
연초록 보리 순이 다투어 키 세우고
돌기 세운 맛봉오리가
잠에서 깨어난다

살 에이는 겨울
얽히고설킨 생명의 뿌리로
서릿발 아래 푸석한 흙살 붙들었다
아이들 발 구르는 소리에
땅 위로 살며시 고개 내밀었다

훈풍에 보리밭 물결 넘실거려도
이삭은 더디게 영글고
먼 산 뻐꾸기 우는 밤
주린 배 움켜쥔
어둠은 길고 길었다

지금도 뻐꾸기 소리 들으면

배가 고파진다는 당신

지그시 보리순 깨물고

호롱불 빛 흐릿한

보릿고개를 넘고 있다.

〈심상 2023. 5.〉

꽃상여 타고

꽃상여 타 보았는가
꼭두처럼 선 채로 꽃상여 타 보았는가
무서리 내린 들녘에서
이파리 떨군 붉은 감이
새파란 하늘에
주렁주렁 걸려 있는 풍경을
꽃상여 타고 보았는가

앞으로 흔들 뒤로 흔들
어허어허 어어호 어화리 넘차 어허오*
좌로 흔들 우로 흔들
에~야 에~야 에야리낭차 에야롱
머물까 떠날까
앞소리 뒷소리가 혼백 흔들면
꽃상여 새끼줄에 노잣돈이 걸린다

꽃상여에 누운 사람
꽃상여에 탄 사람

꼭두까지 소곤거리고

먼저 간 이 마중 나오는데

꽃상여도 상여꾼도 이미 사라지고

파묘한 무덤가에

혼백만 떠돌고 있다.

　* 경남 함안군 도동마을 상여 소리 채록 후렴구

명당明堂에 누워

Ⅰ.

길일 택해 이장하던 날

손 없는 제관 앞세워 산신제 올리고

소 한 마리 잡아 일가친척 배불리 먹였다

고향 떠나 청량산 줄기

바다로 달려가는 총골 곤坤좌

돌섬 위로 나는 갈매기 떼

굽어보면 눈이 다 시원했다.

Ⅱ.

어느 날 사격장 총성 들리더니

예비군 훈련장까지 들어서

축대 위 밥상은 엄폐물이 되고

수없는 발길이 봉분을 밟고 지나갔다

나중엔 고층아파트에 가려

바다마저 사라졌다

Ⅲ.

즐겨 읊던 어부사는

시류 따르라 했으나

명당이라 손 못 대 잡풀만 무성하다

선산의 쌍분은 비워둔 지 오래

일찍 헤어진 이녁

간절히 손짓해도 다가가지 못하네.

정情

노란 조롱박
울 엄니
손때로 반짝이네
굵은 손가락 마디마디
설움 삼킨 긴 세월

차가운 새벽
울 아버지 시조에
귀 때 앉았네
격정의 파도
바다 멀리 뱃길 누비네

홍시에 푸른 감 이파리
울 누나 그림에
눈 때 꽂히네
수줍은 작은 가슴
설움 격정 다 보듬어

마음속 켜켜이 쌓인 때
그리움의 이슬 떨어져
두레 밥상에
비친 얼굴 적시네.

눈높이의 지문指紋

큰물 지면 윗마을 쓰레기가
아랫마을로 밀려들고
역류한 바닷물이 장독을 굴렸다
장대비 맞으며
수채 구멍 뚫는 기다란 장대
주정 공장이 쏟아낸
술지게미 냄새에 비틀거린다

언젠가 광나루 숲 풍채 좋은 나무
꼭대기에 둥지를 튼 새
한강 보이고 먹이 많으니 부러웠다
어디쯤인가 한양도성
성벽 틈으로 본 바깥세상
골판지를 덧댄 지붕에 마음이 아팠다

만날 때마다 그대는
언제나 고향이 아름답다 하고
나는 물어볼 때만 그래도

고향이 아름다웠다고 짐짓 둘러댔다

같은 시간 다른 눈높이로

그대와 내가 본 것은 다르다

지문은 감각 너머

그대로 남아 있다.

회귀

단풍 불붙자
가을 타서
고속버스를 탄다
마중 나올 사람도
밥상 마주할 친구도 없는데

마냥 걷는다
주름진 청춘이
누군가를 기다리던 오솔길
아파트 숲에서
길을 잃었다

갯가의 비린내도
사람 냄새도
청춘의 그림자마저
낯설다

파도 쉬어가는

첩첩 섬 사이로

떠오르는 얼굴들

모두 저 멀리 떠났다

고향에 실재하는 건

아무것도 없다

그래도 이 계절이면

무작정 고속버스를 탄다.

은하수 유영游泳

푸른 정령들이
아이들과 물장구치고
돌팔매 징검다리를 건넌다
은하수 심연으로 자맥질하면
참젖이 흐르는
어머니의 강

바다가 좁아지고 섬이 다가오자
푸른 정령들의 유랑이 시작됐다
치솟는 굴뚝들이
허기를 채워주어도
숨이 가팔라지는 현기증

이제 그들을 만나려면
우주선을 타거나 청정의 몰디브까지
수만 리 하늘 길을 날아야 한다

은하수 침대에 누워

은하수 별무리를 유영한다

고향의 밤바다

가고파

그 유년의 바다

우면산 제비꽃

제비꽃 한 포기 캐다
화분에 옮겼는데
당신은 판화 속에
제비꽃을 심었다

흑백의 판화 속에서
보라 파랑 노랑
제비꽃이 피고
푸른 이파리 돋아난다

햇살 바람 흙으로
갓 구워낸
당신이 좋아하는
빵 냄새도 난다

길섶 작은 들꽃 만나면
허리 숙였던 당신
우면산 제비꽃 되어

봄마다 해맑은 얼굴로

판화 속에서 걸어 나온다.

세상에서 가장 아픈

갈라진 틈새에
흰자위가 동그랗게 달린다
끓는 물의 진동에도
깨어지는
연약한 달걀

세상에서 가장 아픈 것은
새끼들 먹이려
아파도 흙을 파는
아비 어미들
제 몸 부서지는 달걀이다

뼈마디 스러지는 고통
얼굴 붓고 손톱 뒤집히는
영양결핍
달걀 껍데기처럼 얇디얇아도
강했던 어머니

산만한 배를 안고

뒤뚱거리며 일터로 가는

딸아이 뒷모습

깨어질까 마음 졸이며

가만히 바라본다.

서럽게 울어보렴

미안하다
내가 미안하다
눈물 떨구게 해 미안하다
네가 눈물지으면
내 눈에 피눈물 난다

미안하다
다시는 울지 마라
사는 게 서러워서 울지 마라
아름다운 세상
눈가에 이슬 맺혀
흐려 보이면 어이하나

그래라 이번만 실컷 울어라
눈물이
근심 다 씻어 가
세상이 아름답게 보이도록
울어보아라.

이제는 그리 밉지 않아

소년은 로빈 훗이 되어
영화관에서 고무줄 새총을 쏘았다
일발필중 영화는 꺼지고
피노키오 괴롭히는 도둑들도 사라진다
신나는 단체관람 소년들 아우성

영화는 다시 돌고 도둑들 활개짓
환호는 돌멩이 비행시간
의적이 악동 되어
목덜미 서늘한 공포 지금도 또렷해

로베르토 베니니 나오는
피노키오 영화 슬며시 찾아보니
배고픈 고양이와 여우
금화 다섯 닢 탐내다 새총을 맞았구나

요즘 도둑들 순진한 걸까

옛날에 보았던 도둑

그리 밉지 않아 지그시 눈감고

그 소년이 되어본다.

희원希願

나 떠나거든
당신 이름 새긴
이 반지 거두어 주오

당신 떠날 때는
내 이름 새긴 그대 반지와 함께
마트료시카 깊숙이 담아 주오

힘들고 사무칠 땐
살포시 나무 인형 한 꺼풀씩 벗겨
얇은 쌍가락지로 남은
우리를 추억하게 하오

당신을 유혹해
설원으로 불러낸 겨울
홀로 핀 제비꽃을
판화로 새겼던 봄

무애無礙의 해안 길을 달리다
바다에 뛰어든 여름
물에 어린 단풍 빛에
눈시울 적신 가을까지

솜털 보송하던 손 앙상해지도록
무명지 언약 굳게 지킨
링반데룽,
마침내 우리 떠나거든
훌훌 굴레 벗으리.

* 마트료시카(matryoshka 러시아어): 하나의 목각 인형 안에
  크기순으로 똑같은 인형이 들어 있는 러시아 전통 인형
* 링반데룽(ringwanderung 독일어): 등산하다 짙은 안개나 폭
  풍우를 만났을 때 밤중에 방향 감각을 잃고 같은 지점을 맴도
  는 환상방황.

언젠가

푸른 마음 담아
편지 써 내려간 설야雪夜의
'언젠가'

물에 어린 단풍 빛에
눈시울 시렸던,
용서 간절히 빌었으나
서늘한 바람만 일던
'언젠가'

핼쑥한 얼굴로
함께 여행 가자던 날짜,
'광화문 연가' 색소폰 소리가
무덤가를 휘돌던
'언젠가'

누구나 먼 길 여행 떠나는,

가슴이 벅차고,

가슴을 저미는,

간 날과 올 날의 변주

멀어지는 풍경들

밀양과 삼랑진 사이
푸르고 깊은 늪
아득한 하늘에 잠긴다

다가갈수록 멀어지는
고속열차 창밖 풍경
역방향 좌석의 고향 길

가까이 있는 것은
너무 빨리 지나가고
멀리 있는 것은
천천히 사라진다

갯내음 밀려오는
달콤한 수국꽃밭
두꺼비가
늠름한 울음으로
마중나온다.

이화섭 시집
『정지비행』을 읽다

내가 바라본 이화섭 詩友와 그의 시

한영수/심상 포에지 동인. 前 경기과기대, 전주 비전대 총장

내가 壽也 이화섭을 만난 지도 어언 3년이 되어간다. 내 인생에서 그를 만나리라고는 전혀 예상치 못했다. 사회에서 일을 통해서 혹시 만났을 가능성이 없지는 않겠으나 현직에서 떠나 오로지 시 좀 써 보겠다고 큰맘 먹고 나가게 된 자리(심상문학)에서 같은 시기에 같은 뜻을 품고 나온 그를 만나게 된 것도 인연이요, 운명이라고 해도 지나치지 않을 것이다. 말하자면 그와 나는 시 세계에 데뷔한 늦깎이 동기생이다.

초면의 그는 털털하고 좀 후줄근한 풍모에 주름지고 늙수그레한 얼굴로 보아 내 또래 또는 약간 연상으로 보였다. 생면부지의 그가 어떤 이력의 사람인지 어떤 삶의 굴곡을 거쳐 왔는지 알 수 없었지만, 도시의 물이 배었으면서도 촌티가 살짝 보이는 그에게는 날카로우면서 범상치 않은 포스가 번뜩였다. 그러나 서울 토박이인 필자의 눈에 비

친, 억센 경상도 사투리와 큰 목소리, 자기주장이 강하며 약간은 투박한 매너를 지닌 그가 섬세한 시적 재능을 가지고 있으리라는 생각은 들지 않았다.

아니 미처 몰라보았다고 해야겠다. 누구보다 도시적인 사고와 예리한 눈, 화려한 어휘와 넓은 식견을 지니고 있음은 의외였다. 나중에 알게 된바, 그의 나이는 나보다 다섯 살 아래인데도 그가 거쳐 온 삶의 경로와 묵직한 경력이 그의 얼굴에 실려 있었다. 내가 처음 대한 그의 시는 '베네치아의 새벽 배'였는데 무척 세련되고 짙은 감성이 배어있는 수준 높은 시로 내게 신선한 충격을 주었다. 나는 마음속으로 '이제 배워볼까 한다.'라는 그의 말을 액면 그대로 받아들인 나의 순진무구함을 자조하면서 만만치 않은 '강적'을 만났다는 생각이 들었다.

내가 감히 화섭 시우의 첫 시집(정지비행)을 놓고 체계적인 평을 할 수는 없다. 평론가가 아닐 뿐만 아니라 아직 시인이라고 불리는 게 쑥스러울 정도로 시 세계에서는 '초짜'이기 때문이기도 하고 평소 화섭 시우의 탁월한 시적 재능을 부러워하던 터이기 때문이다. 그러하기에 여기서 나는 그의 시를 평하는 대신 동학의 길을 걸으면서 그에 대해 갖게 된 이미지를 순전히 나의 관점에서 특징화해 보고자 한다.

-첫째, 그는 풍요로운 서정을 가슴에 품은 센티멘털리스트이자 로맨티스트다. 대표적인 예로서 '베네치아의 새벽 배'에는 이러한 서정성이 짙게 배어있다. 그는 도시의 혈관을 헤집으며 세속의 영욕과 풍파를 겪을 만큼 겪어보기도 하다가 이제 지친 몸을 추스르며 홀가분하게 아무 데서나 내릴 수 있는 자유를 만끽하고 무너져 내려도 좋을 만큼 마음을 비운 상태로 이 글을 쓰지 않았을까? 내게 공감과 연민으로 신선한 충격을 주었던 그 시를 접하면서 자유로운 그의 영혼과 그의 세련된 시풍이 부러웠다. 그의 로맨티시즘이 짙게 밴 상상력은 곳곳에서 나타난다. 특히 '별을 깨우다'에서 할리데이비슨 행렬의 굉음이 별을 깨우는 상상력에는 나이를 잊은 그의 풋풋함이 살아 꿈틀거리고 있다. 그 자신이 할리데이비슨 위에서 하늘을 질주하며 '별을 깨우려고, 내가 깨어 있으려고, 쉴 새 없이 눈을 깜박이는' 화섭 시우의 모습이 눈앞에 그려진다. '저녁노을 차경'에서도 그의 감상은 아름다운 빛을 발한다.

-둘째, 그의 시 속에는 때로 날카로운 저널리스트적 감각과 시야가 감춰져 있다. '시간의 나이테'(불면)에서도 그러한 그의 면모가 나타나 있다. 멈춰있는 시계(시간) 속에

살아있는 어지러운 과거와 살아있는 시계(시간) 속에서도 죽어있는 답답한 현재를 보면서 삶과 죽음이 뒤얽히고 병존하면서 잠을 이루지 못하는, 저널리스트로 평생을 살아온 화섭 시인의 고뇌가 시 속에 녹아 있음을 본다. '무명의 덫'에서 그는 들개로 상징되는 비정한 사회의 단면을 날카롭게 그려냈다. 어떤 면에서 보면 화자를 포함한 우리 모두 들개의 속성을 지니고 비정한 사회를 살아가는 존재들이 아닐까? 들개를 통해 사회를 들여다보는 그의 눈이 예리하다. 또한 '정지비행 I'에서는 치열한 생존경쟁의 세계에서 최선을 다해 살아가는 인간의 모습, 어찌 보면 그 자신도 그렇게 살아왔을 그러한 모습을 참매를 통해 그려낸다.

-셋째, 그는 긍정의 허무주의를 추구하는 일종의 니힐리스트적 속성을 지니고 있다. 그의 어떤 시에서 그러한 속성이 나타나는가를 콕 집어서 얘기하기는 어렵지만, 적어도 그를 오래 지켜본 필자에게는 그의 시 많은 부분에서 그의 '긍정적인 허무주의'가 느껴진다. 치열하게 쌓은 것, 세속적인 성취물을 내려놓으면서 자연으로 회귀하고 싶어 하는 그의 갈증, 세속의 자아가 무너지거나, 또는 스스로 무너뜨리면서 그 위에 본인 의지로 (시를 통해) 다시

자아를 세우려는 그의 자세에서 한편으로는 자유로운 방랑자로서의 면모를, 다른 한 편으로는 실존주의적 의지의 인간으로서의 면모를 엿보는 것은 필자의 지나친 논리적 비약일까?

예컨대 '베네치아의 새벽 배', '종점에서 길을 잃다', '저기 집 있는 데로 가오', '멀어지는 풍경들'에서 그러한 '긍정적 허무주의'가 발견된다. 나이가 들어 인생무상을 느끼는 모든 이가 허무주의의 속성을 가진다고도 할 수 있겠지만, 깊은 성찰을 통해 허무주의를 과장과 지나침 없이 시 속에 자연스럽고 아름답게 녹여 내는 게 쉬운 일이 아니기에 화섭 시인이 돋보이는 것이다.

壽也의 지나온 인생 행적과 그의 마음속 깊이 자리한 생각의 심연을 알 수는 없다. 그러나 그가 바닥과 끝이 안 보이는 너른 바다 같은 신비성을 지니고 있으며 그만큼 시적 잠재력이 뛰어난 사람이라고 확신한다. 평소 그와 대화를 나누다 보면 그의 박식함과 그것을 논리화하는 기민한 두뇌, 그것을 표현해내는 화려한 언어에 마음속으로 탄복하는 경우가 많다. 그러한 능력이 '불붙은 고라니가 바다로 뛰어들 듯' 시 세계로 뛰어들어 쌓아놓기만 했던 잠재력을 쏟아내며 밀어놓았던 시적 과제물(빈 원고지)

을 부지런히 채워나갈 것으로 믿는다.

 얼마 전에 그는 오랫동안 삶의 터전이었던, 가장 도시적이고 교류의 중심인 강남의 교대역 인근에서 떠나 좀 외지지만 자연경관이 빼어난 홍은동 백련산 골짜기를 찾아 이사했다. 화섭 시우의 마음속에는 시에 대한 열정, 세속을 좀 떠나서 시에 전념하고 싶은 그의 갈망이 자리한다고 생각한다. 그의 시적 무대는 북한산 인왕산 백련산까지 끌어안고 멀리 지나간 추억 속의 고향 바다까지 차경하여 종횡무진 아름다운 상상의 날개를 펼칠 것이다. 이번 첫 시집(정지비행) 발간을 진심으로 축하하며, 세월 앞에서 기죽지 않고 다시 한번 참매처럼 '정지비행'을 하면서 시작(詩作)에 혼신을 집중해서 좋은 작품을 쏟아내기를 기대해 본다.

이화섭 시인의 첫 시집
『정지비행』 상재에 부쳐

임종명/ 심상 포에지 동인, 네이버블로거 '숲속의종'

노인 한 명의 죽음이 도서관 하나가 사라지는 것과 같다는 얘기가 있다. 도서관의 모든 책을 합한 지식만큼이나 한 사람의 삶이 인생 풍파를 통해 빚어낸 지혜가 소중하다는 뜻일 게다. 따지고 보면 시인도 노인 못지않다. 특히 지긋한 나이에 등단한 늦깎이 시인이 낸 첫 시집은 적어도 내가 즐겨 찾는 동네의 '작은 도서관'에 견줘도 손색이 없다고 생각한다.

한 권의 시집엔 시뿐만 아니라 과거와 현재, 심지어 미래의 시인이 산다. 특히 첫 시집엔 그 시간의 스펙트럼이 넓게 펼쳐져 있어, 그 넓이만큼이나 삶의 결정체가 깊이 박혀 있거나 삶의 때가 높게 쌓여 있다. 시 공부를 하면서 적잖은 시집을 읽었지만, 이 같은 사실을 여태 깨닫지 못하고 있었다.

고백하자면 시우 이화섭 시인이 시평을 써달라는 언감생심 어려운 숙제를 내며 건네준 그의 첫 시집 원고를 읽으면서 처음 실감하게 됐다.

사실 3년 지기인 이화섭 시인에 대해서 내가 알고 있던 것은 인터넷 인물정보 수준 정도로 매우 피상적이었다. 거기에 좀 보태자면 1년여의 합평과 식사 자리의 대화에서 느꼈던 '젠틀하고, 감각적이며 생명과 사물을 대해 따뜻한 눈을 가졌다' 정도라 할까. 그런데 숙제를 하기 위해 시에 밑줄을 그어가며, 거기다 서비스로 교열까지 하다 보니 그동안 미처 알거나 보지 못했던 이화섭 시인의 다른 모습을 보게 됐다. 과연 이화섭 시인의 실체에 대해 얼마나 더 접근했을까? 마음에 들었던 몇 편의 시를 감상과 함께 소개하는 것으로 숙제를 갈음하려고 한다.

바람 가득 안은 연이거나
무풍지대에 갇힌 범선처럼
미동도 없이 떠 있다

둥그렇게 활공하던 참매가
지극한 힘의 원점에서

멈춰야 비로소 보이는
먹잇감을 응시한다

감성돔 지느러미처럼
날이 선 칼깃과 꽁지깃은
언제라도 바람칼이 되어 내리 꽂힌다

북극 냉기가 밀려온 봄날
참매는
창공의 거센 바람과 맞서며
깃털까지 사력을 다해
생존의 비행을 하고 있다

한 점 구름도 작은 포말도 없는
새파란 화폭에
검고 하얀 깃과 갈색 몸통으로 그린
본능의 자화상은
눈부시다.

－「정지비행 1」 전문

시집 표제시다. 시인은 자신의 블로그 간판도 '정지비행'
으로 짓고 거기에 소소한 일상을 옮기고 있다. 정지비행
이란 헬리콥터나 새 등 날것이 공중에서 떨어지지 않고
한 지점에 떠 있는 상태나 활동을 말한다. 시인은 왜 '정
지'와 '비행'이라는 비논리(?)가 결합한 이 단어에 꽂혔을
까. "깃털까지 사력을 다해/ 생존의 비행을 하고 있"는 참
매에서 "본능의 자화상"을 봤기 때문이다. "먹잇감을 응
시"하는 참매는 곧 시인 자신이다. 시인은 먹이 사냥을 위
해 정지비행을 하는 참매를 보고 때론 정지하고, 때론 비
행했던 70년 가까운 지난 인생을 돌이켜봤을 거다.

　꽃상여 타 보았는가
　꼭두처럼 선 채로 꽃상여 타 보았는가
　무서리 내린 들녘에서
　이파리 떨군 붉은 감이
　새파란 하늘에
　주렁주렁 걸려 있는 풍경을
　꽃상여 타고 보았는가

　〈중략〉
　꽃상여에 누운 사람

꽃상여에 탄 사람

꼭두까지 소곤거리고

먼저 간 이 마중 나오는데

꽃상여도 상여꾼도 이미 사라지고

파묘한 무덤가에

혼백만 떠돌고 있다

- 「꽃상여 타고」 부분

푸른 정령들이

아이들과 물장구치고

돌팔매 징검다리를 건넌다

은하수 심연으로 자맥질하면

참젖이 흐르는

어머니의 강

〈중략〉

이제 그들을 만나려면

우주선을 타거나 청정의 몰디브까지

수만 리 하늘 길을 날아야 한다

은하수 침대에 누워

　　은하수 별무리를 유영한다

　　고향의 밤바다

　　가고파

　　그 유년의 바다

-「은하수 유영游泳」 부분

제4부 '멀어지는 풍경'에 수록된 시다. 두 시 모두 어린 화
자가 등장한다. 「꽃상여 타고」에는 상복을 입고 꽃상여를
탄 젊었던 시인이 그때 보고 뇌리에 박힌 장면과, 가슴속
에 묻어둔 인상을 소환했다. 「은하수 유영游泳」은 야광충
으로 인공위성에서 볼 때 은하수처럼 빛났던 마산 합포만
의 바다 위에서 유년의 시인이 옷을 홀딱 벗고 물놀이하
는 장면이 펼쳐진다. "은하수 침대에 누워/ 은하수 별무
리를 유영한다"는 서술이 너무 멋지다. 그리고 시인은 그
때의 감정에 계속 머무르지 않는다. 어른이 되어 "혼백만
떠돌고 있"는 "파묘한 무덤가"를 보고 안타까워하고, 공
단 건설로 사라진 "그 유년의 바다"를 가곡 〈가고파〉 가
사를 쓴 노산 이은상처럼 그리워한다.

암 병동으로 가는
긴 회랑에
햇빛이 부서져 내린다
남자는 무채색 베레모나 비니,
여자는 꽃 리본을 단 두건을 쓰고
말없이 의자에 앉아 있다

다 가리지 못한
뒷머리에 바람이 들고,
오늘 깎은 맨머리는
파르스름하다
무표정한 시선들이
지붕 위 한가로운 비둘기 떼에 머문다

암 병동 모자 가게에서
그늘진 여심이
예쁜 모자를 찾고 있다
사라진 가슴을
실리콘 브래지어로 가린
마네킹이 살짝 웃는다

꽃떨기로 낙하해
눈물로 적셨던 머리칼이
소복했다
솜털 보송한 꽃눈 내민
액자 속 야생화를
그윽이 바라본다.

–「소망」 전문

노인은 종이보다
가볍다
폐지 실은 손수레가 주저앉으면
몸이 하늘에 매달린다

〈중략〉
폐지의 무게를 달아서 사는
한 움큼의 자유

–「종이보다 가벼운」 부분

내가 기자일 때 친구 모임 같은 데서 솔깃한 얘기를 들으면 바로 튀어나오는 말이 있었다. "이거 기사네."다. 10여 년 남짓 기자 밥 먹은 나도 그러했을진대 방송기자를 30여 년 동안 해온 시인은 어떨까. 그 누구보다도 기사에 대한 촉이 발달했을 것이며, 아마도 그 촉은 은퇴한 지금까지 더뎌지지 않고 건재할 것이다. 달라졌다면 팩트 중심의 기사와 달리 시에는 거기에 시인의 감정을 얹었다는 것이다.

그 건재를 알리는 시들이 제2부 '종점에서 길을 잃다'에 두루 담겨져 있다. 위의 첫 번째 시 「소망」은 암 병동 가는 길목에 있는 병원의 모자 가게가 모티프가 됐다. 항암 치료로 머리가 빠지는 암 환자들이 가족이나 친지에게 볼품없어진 자신의 외모를 가리고파 하는 절절한 심정을 전달함과 동시에, 환자들의 무너지는 마음을 이용해 이익을 남기려는 병원의 상술까지 함께 꼬집는 감각이 돋보인다. 「종이보다 가벼운」은 손수레를 끌고 가는 폐지 줍는 노인을 노래한 시다. 손수레의 무게를 못 이겨 노인이 다리가 들리는 모습을 목격한 시인은 그 노인의 몸무게가 "종이보다/ 가볍다"는 생각에 이른다. 하지만 노인은 자동차가 질주하는 도로를 따라 계속 가고 뛰며 "한 움큼의 자유"를 위해 하루하루를 견딘다. 두 시 모두 기자의 예리한 감각과 약자에 대한 애정 어린 시선이 없는 한 포착할 수 없는 장면을 노래한 시라고 생각한다.

이 밖에 이화섭 시인은 질곡의 삶을 보내신 어머니를 그리워하는 가슴 절절한 사모곡, 아름다운 자연경관과 사계절, 기상 현상, 동식물 등을 담은 서정시, 종점에서 길을 잃고 헤맸던 젊은 날의 궤적과 이태원 사고, 우크라이나 전쟁, 제주 4.3사건 등을 다룬 시 등 다양한 시편들을 첫 시집에 담았다. 그 시편 모두에는 무명에 이름을 붙여주려는 '사랑'이라는 공통분모가 깔려 있다.

시 공부를 시작한 지 얼마 안 돼 이렇게 시집을 내는 것이 과연 맞는 일인지 내게 시평을 부탁한 당시에도 이화섭 시인은 부끄러워했고 조심스러워했다. 어떤 시가 완성도가 떨어지고 어떤 시가 표현이 어색한지 본인이 너무도 잘 알기에 그랬을 것이다. 자신에게 무엇이 부족한지 아는 일은 중요하다. 거만하거나 거들먹거리지 않아서 게으르지 않을 것이며, 계속 정진해 부족함을 차곡차곡 채울 수 있기 때문이다.

결코 후퇴는 없고 오직 발전만 있을 것이 분명하다. 그래서 나는 이화섭 시인의 용기에 박수를 보낸다. 첫 시집 상재를 계기로 앞으로 이화섭 시인에게 주옥같은 명편들의 출현을 기대한다. 시인으로서도 정지하지 않고 그냥 하늘로 훨훨 비행할 수 있기를 바란다. 첫 시집의 상재를 축하드린다.

올려놓고 마침내 내려놓는 '정지비행'의 美學

醴村 정윤식/ 강원대학교 명예교수, 언론학

이화섭 시인과 필자는 50년지기의 고려대학교 동문이다. 그는 대학 졸업 후 KBS 기자로 입사해 기자의 최고 보직인 보도본부장으로 퇴직한 전형적인 언론인이다. 퇴임 후 방송 현장의 경험을 바탕으로 『한국방송 뉴스룸』(나남출판)이라는 학술서를 발간하였다. 이 책은 민주주의의 보루라는 이른바 언론의 자유를 실천하는 과정이 얼마나 역동적이고 지난한 책무인가를 경험적 자료와 이론적 프레임으로 상세히 서술하고 있다. 그는 퇴직 후 수년 간 대학 강단에도 섰고, 콘텐츠 및 IT 관련 기업에서 자문활동도 하였다.

그러던 그가 몇 년 전부터 일체의 사회활동을 중단하더니 어느 날 갑자기 시인으로 등단하여 주변 사람들을 놀라게 했다.

그가 몇 달 전 필자에게 『정지비행』이라는 시집을 발간할 예정이라고 하기에, 필자는 정지비행의 사례들에 대해 중구난방으로 썰(說)을 풀었다.

예수님의 십자가 죽음(정지)과 부활(비행)은 인류사의 최대 정지비행이며, CIA나 국가정보원 등 세계 정보기관의 정보활동은 국익을 위한 정지비행이다. 노벨평화상 수상자인 만델라와 김대중 대통령의 옥고(정지)와 정치적 성공(비행)도 정지비행이며, 중국 지도자 등소평이 꿈꾸던 '도광양회'도 국익을 위한 전략적 정지비행이다.

인공위성이 떠 있는 지구정지궤도는 원심력과 구심력의 힘이 균형을 이루는 물리적 공간이다. 정지궤도에 발사된 위성은 사실상 정지비행하면서 방송, 국제통신, 지구탐사 등 다양한 용도로 쓰인다. 매사냥의 전형으로 예시되는 황조롱이의 비행도 정지비행의 대표적인 사례일 것이다. 정지의 목적은 비행이며 비행의 목적은 정지이며, 정지비행은 정지와 비행의 변증법적인 통합 과정이라는 거창한 결론도 내렸다.

이런 내용을 담은 쪽지를 건넸더니 엉뚱하게도 이화섭 시인은 사회과학을 전공한 나에게 『정지비행』 시집의 해설을 간곡히 부탁해 왔다. 옛말처럼 말이 씨가 된 셈이고, 나역시 시를 즐겨 읽으니 물러설 수도 없게 되었다.

그런데 이화섭 시인의 시집『정지비행』원고를 받아본 필자는 시의 주제와 소재 그리고 대상과 내용에 대해 예상치 못한 반전의 충격을 받았다.

첫째, 이화섭 시인의 시집『정지비행』에서는 필자가 제시했던 유명인은 한 명도 등장하지 않는다. 그의 저서『한국 방송 뉴스룸』에 등장할만한 정치인, 연예인, 스포츠 스타와 같은 공인은 전무하고, 자연과 바다, 사회적 약자, 무명인, 멀어지는 풍경들과 같은 내용이 시의 주제와 소재와 대상이다. 그는 이제 언론인이 아니며 문학인으로 완전 변신했다.

둘째, 필자가 예시한 정지비행이 해피엔딩의 성과물을 겨냥한 목표지향성이라면 이화섭 시인의 정지비행은 관조와 내려놓음, 그리고 순리의 미덕을 발휘하고 있다.

셋째, 시적 분위기와 흐름이 지성과 야성과 같은 남성적 취향이 아니라 감성과 영성과 같은 섬세하고 애잔하고 따뜻한 여성 취향이다.

이화섭 시인의 정지비행은 글로벌 경쟁시대의 세속적인 정지비행이 아니라 잃어버리고 잊힌 것들, 소외된 것들에 대한 따뜻한 시선이라는 데서 시적 주제와 소재 그 대상에 독창성이 있다. 아울러 진취적인 주제와 소재를 다루었지만 그 접근 방법은 서정성을 바탕으로 했다는 점에서 새로운 시적 지평을 열고 있다. 세부적으로 그의 시들을 들여다보면 필자의 주장이 어느 정도 설득력이 있을 것 같다.

1부 〈별을 깨우다〉는 자연과 바다에 대한 시들이다. 사회적 주제와 소재 그리고 대상은 한편도 없다. 노을, 폭설, 솔향, 꽃, 안개, 햇살, 어둠, 장마, 별, 운무 등은 자연이 대상이다. 지심도, 독도, 등대, 니스의 새벽, 베네치아의 새벽 배는 가곡 '내 고향 남쪽 바다'로 유명한 마산 출신 이화섭 시인의 감수성이 돋보인다. 자연과 바다(정지)에도 숨소리가 있다(비행)는 사실은 내륙 출신 필자로서는 생소한 감성이다.

2부 〈종점에서 길을 잃다〉는 시간과 역사의 무정과 무심함을 표현하고 있으며 종이보다 가벼운(폐지 줍는 노인), 노숙인 넷, 소망(암 병동), 교대역 4-3(간이상점 주인)은 사회적 약자에 대한 따뜻한 시선과 연민을 보이고 있다. 필자의 견해로는 역사와 시간 그리고 사회적 약자에 대한 시들이 분노와 서러움, 사회변혁의 열망을 감추기 어려운

데 이 시집에서는 서정적 감수성으로 이를 감싸 안고 있
다. 시간과 역사 그리고 사회에 대한 원망도 항변도 하지
않는다. "죽어도 말하지 않으리라."는 절제미 속에 오히
려 큰 항변의 울림이 있고 거룩함의 편린을 본다.

3부 〈무명無名의 덫〉에서는 무명의 인간뿐만 아니라 무
명의 사물과 장소, 시간(시절인연)을 그리고 있다. '떠내
려가는 도시'라는 시를 비롯해 다수의 시들에서 시인은"
이름조차 잊혀진 무명, 아무도 불러주지 않는다." "돌아
서면 그뿐인 것을. 사람과 사랑을 멀리해야 하는 이유"라
는 시어(詩語)로써 무명이 겪어야 할 외로움과 그리움을
애잔하게 그렸다.

4부 〈멀어지는 풍경들〉에서는 참빗 쓰던 어머니의 가르
마, 기어이 가장의 책임을 다했던 고단한 아버지, 요양원
에 안 가려 버티던 어머니, 보릿고개, 꽃상여, 명당 등에
서 잃어버린 시간과 추억들 그리고 아날로그 정서를 물
씬 풍기고 있다.
필자는 이화섭 시인의 정지비행의 핵심 키워드 (key
word)를 외로움, 그리움, 거룩함으로 요약하며 읽었다.
자연과 사회적 약자, 역사적 뒤안길, 잃어버린 것들에 대

한 시인의 연민은 외로움과 그리움의 표출이었고, 이들의 인내와 견딤과 절제미는 거룩함으로 해석했다.

다이내믹 코리아의 한복판에서 살았던 이화섭 시인이 역동적인 시사 문제는 전혀 외면하고 작은 것들, 자연적인 것들, 소외된 자, 자연과 바다와 같은 주제와 소재에 애잔하고 따뜻한 관심을 보이기까지에는 그의 내면에 얼마나 많은 정지비행이 있었겠는가? 내려놓음과 정지비행은 외면적으로 평화스러워 보이지만, 내면적으로는 치열한 영적 전쟁의 과정이었을 것이다.

작고한 소설가 최인호는 '조용한 노인'으로 살고 싶다고 했고, 최근에 유명을 달리한 김민기 씨는 평소 무대에 서는 배우나 가수들은 '앞것'이고, 본인은 뒤에서 지원하는 '뒷것'으로 살고 싶다고 했다.

'조용한 노인', '뒷것'을 필자는 정지비행이라고 이해하고 싶다. 정지비행이야말로 외로움, 그리움, 거룩함이 혼합된 영혼의 삼원색이다. 그 삼원색이 가수 송대관의 노래 '세 박자 쿵짝' 처럼 어떻게 조화를 이루고 무지개 색깔을 만들어내는가는 '지공거사'들이 숙명처럼 맞이해야 하는 존재 증명의 과정일 것이다.

위성처럼 평온하고 조용하게 정지비행을 하자면 적도 상

공 15,600km 높디높은 창공에 위성체를 쏘아 올려야 하고 여기에는 막대한 연료와 에너지가 필요하다. 위성체의 정지비행은 올려놓지 않고는(위성체 발사) 내려놓을 수 없다(정지궤도 안착)는 역설을 보여주고 있다. 인생의 정지비행도 올려놓고 내려놓음, 그리고 정지와 비행의 연속일 것이다. 이화섭 시인이 첫 시집을 계기로 그의 삶과 시작(詩作)들이 앞으로도 더욱 외롭고 그립고 거룩한 정지비행이 되기를 기대한다. 이 과정에서 이화섭 시인이 필연적으로 겪어야 할 고통의 번뇌의 순간도 진심으로 응원한다.

칠순의 출산

(시 전문지 심상 신인상 수상을 축하하며)

無有 노화욱/ 극동대학교 석좌교수,

반도체 산업구조선진화연구회 회장

이화섭 군이 드디어 아이를 낳았다.

유월 산하를 뒤덮는 금계국(金鷄菊). 그 샛노란 빛만큼이나 반가운 소식이다.

어제 외출을 다녀오니 우편물 함에 책 봉투 하나가 꽂혀 있다. 열어보니 저 심상(心象)이란 강보에 담긴 생명이다. 인간에게 창작만한 보람이 또 있겠는가? 그것이 시든 그림이든 작곡이든, 남이 부른 노래를 따라 부르지 않고, 이 세상에 없는 나만의 그림을 그리고, 나만의 개성적 언어로 내 삶의 시를 남긴다는 것. 이것은 우리 나이에 할 수 있는 소중한 출산이고 진정한 보람 아니겠는가? 각설하고 이화섭 옹이 출생 신고한 네 명의 아이 중 하나를 소개한다.

시간의 나이테 Ⅰ—불면/ 이화섭

벽시계의 초침 소리가 벽을 두드린다

거실과 안방 건넌방 벽에서

소음이 공명하며 커진다

심장을 꺼내고 방바닥에 눕힌다

서랍 속의 손목시계도 움직인다

오래된 태엽시계와

진자시계와

디지털시계가

딴청을 부리며 1초를 세고 있다

언 호수의 눈보라,

정글의 네이팜탄 불길,

광장의 최루탄 냄새가 엉킨다

봉황무늬 시계가 퍼덕거린다

잠자던 시계들이 한꺼번에 깨어나

'말하라 그대들이 본 것이 무엇인가'를 합창한다

살아도 죽은 시계와

죽어도 살아 있는 시계의

불협화음,

불면의 밤이 깊어간다.

어떤가? 단박에 느낌이 와 닿지 않는가. 평생 뉴스의 현
장을 살아 온 자의 내면에 응축된 시어다. 기자다운, 이화
섭이 그려낸 그만의 그림이다.

나는 이 시를 읽으며 스페인의 초현실주의 화가 살바도르
달리의 그림 '기억의 지속'이 떠올랐다. 지평선 아래의 대
지 위에 놓인 책상과 나뭇가지, 그곳에 걸려 늘어진 벽시
계와 뒹구는 스톱워치.

시는 메타포와 리얼리티의 진실한 대화다. 공자도 시 삼
백 편을 추려낸 시경을 두고 사무사(詩三百 一言以蔽之 曰
思無邪)라 했다. 인간의 순수한 감정이 담긴 시를 읽음으
로써 바른 본성을 찾게끔 하고, 생각에 삿된 마음이 없게
하는 방편을 두고 말했으리라.

졸업 후 이화섭 군을 처음 만난 곳이 울산이다. 1987년 6
월 민주화 항쟁에서 활화산처럼 시작된 현대조선소 노사
분규 현장, 그는 취재기자로, 나는 현대전자에서 특파된
관리자로 재회했다. 이후 만나지 못한 벗의 종적은 짐작
이 간다. 파란만장한 이 땅의 현대사, 그 질곡의 현장마다
인간사와 세상사를 목도하고 경험하지 않았겠나?

무릇 좋은 시는 평온하고 밋밋한 삶을 산 사람에게서 태어날 수 없다. 그래서 중국의 시인들도 온갖 인생 역경과 곤궁을 체험한 후에야 비로소 빼어난 시가 탄생한다고 했다. 이른바 시궁이후공론(詩窮而後工論)이 그것이다. 장차 이화섭의 가슴에서 태어날 시가 공교(工巧)의 절품(絶品)이 가능한 이유다.

조산원의 산파가 박목월 시인의 아들인 서울대 국문과 명예교수 박동규 평론가이다. 그의 평을 옮긴다.
"처절한 삶의 현장에서 느끼는 아픔을 노래하고 또 그 중에 보릿고개처럼 삶의 단면적 상황을 그려낸 우렁찬 하소는 감동을 자아내게 하는 시적 매력을 지니고 있다. 그가 힘찬 호소의 힘이 시의 새로운 상상적 이미지로 확대되고 내면적 의미 층이 분명해질수록 더 많은 감동을 주리라 기대한다."

출간 50년 된 월간 시 전문지 〈심상〉에서 신인상을 수상한 이화섭 시인의 출발은 운명처럼 심상찮다. 어찌 축하하지 않을 손가. 아울러 조만간 탄생할 시집과 넋 빠질 술잔 사뭇 기대한다.

〈출처: 블로그 '겨울 나룻배'〉

이화섭 시집에 부쳐

한윤희/ 심상 포에지 동인, 전 MBC 플러스 대표

그는 천생 시인이었다

백봉수탉의 벼슬같이 짙은 눈썹과 사뭇 날카로운
눈빛을 가진 그와의 첫 만남
같은 동네 방송사 선배라며
빙그레 투박한 손을 내밀 때

마산 바닷가의 촌놈취가 푹 밴
문학소년의 치기가
얼굴 가득 살아있음을 보았을 때

여행 좋아하는 역마살의 그가
모두가 로망하는 반포를 버리고
백련산 자락으로 숨었을 때

"내요 여기는 강원도 어디 산사,
스님과 함께 있지" 취기가 전화기를 넘을 때

그는 속세 떠난 시인이었다

모네가 지베르니에 살면서
일본식 연못에 수련을 키우며
평생 250편이 넘는 수련을 그리듯

백련산 자락에서
정지비행으로 산하를 굽어보며
그려낸 그림들이 정물화도 풍경화도 아닌
이화섭 자신이었음을 아는 것은 어렵지 않다

그의 번뜩이는 오감도 향연에 박수를 보낸다

후기

감사의 말

아름다운 날들,
참 잘 살았습니다.
흔쾌히 격려의 글을 써 주신
醴村, 無有,
심상 포에지 동인들에게
고마움을 전합니다.